KB179600

새벽

이승주 글
수달이 그림

이상한 나라로 통하는 시간

누구에게나 앨리스는 존재해

모자장수

일상

이상한 시간

시야 너머

기억

지금부터 질문을 하겠습니다
준비되셨나요?

정말
괜찮아요?

정말
잘살아요?

정말

정말

행복해요?

일상

아무 생각이 없다가
아무 생각이 생긴다
그게 일상이다

새벽

새벽이 온다
새벽이 운다

달 밝은 밤 지나
새벽이 온다

이제
눈을 뜰 시간이다

아침

작은 창 틈 사이로 무언가 비집고 와서
이마를 간지럽힌다
따스한 느낌이다
그 무언가에 이끌려 움직인다
째깍째깍
시계 소리는 나가라 재촉하고
더운물 쓸 새도 없이 급하게
급하게 떠밀려 나간다

하루를 시작한다

양치

환한 웃음을 지을 수 있는
함박웃음을 지을 수 있는

자신 있게 대화할 수 있는
가까이서 속삭일 수 있는

그런 비결

이제 그럴 일이 없으니
하지 말까 하면서도
습관이 되어 버렸다

세수

씻는다는 행위는
비단 청결만을 위한 것이 아니다
나만을 위한 것도 아니다

사람은 사람을 그 향기로 기억한다 했던가
그러니 악취라도 피하기 위해 씻는다
내 남은 자리에 고운 향으로 기억되도록
그것이 최소한의 예의이니
그것이 최소한의 배려이니

옷 고르기

흐트러진 옷걸이와 옷 사이에
선택의 순간이 온다
흐트러졌다 흩어졌다
어지럽다 어지럽혔다

그 안에서 질서를 찾아
순서를 정해 본다

편한 옷을 입을까
단정한 옷을 입을까
누구에게 보일까
누구에게 보여줄까

입고 보니 어제와 비슷한 옷이다
다를 것이 없다 다를 것이 없지
같은 사람이니까 같은 인생이니까

신발

하루를 시작하고 끝내고
시작과 끝 사이에 신발이 있다

딱딱한 아스팔트를 상처 없이 걷게 해주는
모난 돌에 대신 맞아주는
그러나 고마움이 있을까

당연해서 당연히 여기는 순간들
구멍 나면 버려지는 단순한 물건

나도 어딘가 구멍 나 있던 걸까
이리도 사무치는 것을 보면

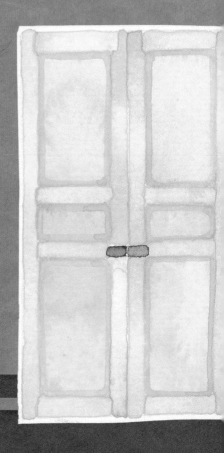

현관문

왠지 모를 기대로 나가고
왠지 모를 평화로 들어서길

하루를 온전히 나의 것으로
하루를 온전히 나의 뜻대로

현관을 나서며 기도를 한다
문고리를 잡으며 기대를 한다

문이 열리며
나의 세상이 뒤섞인다
이상한 나라가 펼쳐진다

아침의 거리

분주한 거리를 마주한다
분연히 오가는 사람들 중에
분명한 꿈 가진 이 얼마나 있나

꿈이야 있겠지
꿈이야 꾸겠지

다들 마음속에
별 하나씩 품고 살지 않던가

그 모든 별이 빛나는 날엔
어두운 하늘도 놀라 도망치겠지

아,
보일러를 안 끄고 왔다

지하철

문이 열린다
어서 가라 한다
사람과 사람 사이에
수많은 사람 사이에
혼자가 아니거늘
언제나 언제나
혼자 서 있는 이 기분

밀려 나간다
몰려 나간다
사람과 사람 사이에
수많은 사람 사이에
홀로 헤쳐 나간다

사람들의 가슴에
낙엽 하나 떨어진다

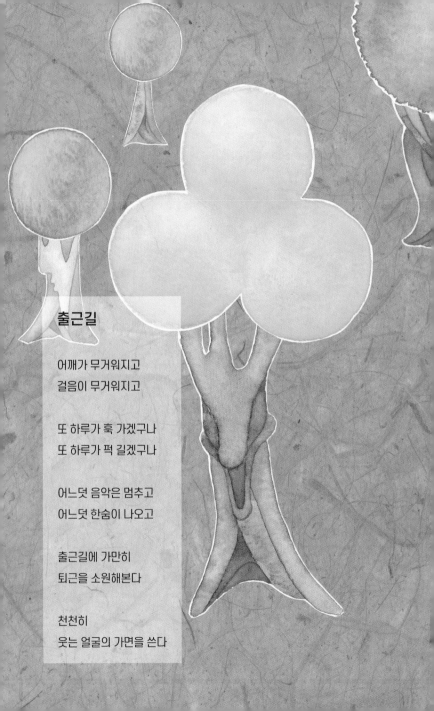

출근길

어깨가 무거워지고
걸음이 무거워지고

또 하루가 훅 가겠구나
또 하루가 퍽 길겠구나

어느덧 음악은 멈추고
어느덧 한숨이 나오고

출근길에 가만히
퇴근을 소원해본다

천천히
웃는 얼굴의 가면을 쓴다

승강기

얼굴들 얼굴들
인사하는 얼굴들
딴 청하는 얼굴들
수다 떠는 얼굴들

작은 상자 안에
또 다른 세상이
각자의 세상이 생겨난다

멈춰 서면
소리 없이 흩어진다
무표정 얼굴들

사무실

사람이 살아가려면
무거운 책임이 따른다는 것을
실체화 하는 공간

의자

의자는 의지의 상징
가만히 앉아 있는 것도 대단하다
거기다 일을 하는 것도 대단하다
의자에 붙박이가 되어
의자에 거머리가 되어

잠시 쉬는 순간 공격을 받으니 조심
업무는 안 하고 뭐하냐며
업무는 무엇인가 업무 엄무 어무니
끝에 가면 역시 어머니가 보고 싶다

앉자마자 일어나고 싶은 마법의 공간
이런 날에는 갑자기 효도가 하고 싶다
업무 엄무 어무이 어무니

점심시간

고민은 시작되지만 오래가지 않는다
찰나의 선택으로 하루의 기분이 결정된다
고작 한 시간이 이십사 시간으로 탈바꿈된다
양분
한 입 한 입이 소중한 시간
방해받고 싶지 않은 시간
과장님의 음식물 씹는 소리는
청아하다 맑다 곱디곱구나
라고 최면을 걸어본다

뒤돌아서니 배고프다
아직 청춘인가 보다

월급 루팡

일류는 힘들 때 웃는다
초일류는 힘들게 일하지 않는다

못내 서러워 커피를 홀짝일 적에
그내 그리운 만화를 떠올릴 적에

루팡 루팡 루팡 3세
아 위대할 손 루팡이여
생각해보면 그 녀석도 참 힘들게 일했지
온갖 고초를 겪으며 원하는 바를 얻었지

난 그저 눈속임으로 지갑을 채울 뿐이지
힘든 척 가끔 상사에게 하소연하며 그렇게
열심히 타자기를 두들기는 척을 하지
그럴듯한 핑계로 미팅도 피해 봅시다
나는 루팡 4세 루팡 4세

졸음

꾸벅꾸벅
노곤노곤

적정 온도는 이불이 되고
잔소리는 자장가가 된다

고대의 사이렌이 이랬던가
난파된다 난장판이 된다

유혹의 소나타는 귀를 간지럽히고
그저 휘청휘청 꾸벅꾸벅

인간 시계추가 된다
시계토끼가 지나간다

퇴근 시간

눈 뜰 때 퇴근이 그리워지고
퇴근할 때 출근이 두려워지고
피고 지는 저 꽃처럼 서러워지고
가끔 그래 칭찬에 뿌듯해지고
해는 저 산을 등지는데
내 갈 곳은 어디뫼뇨
길이길이 철새처럼
본능에 이끌려 터벅터벅
몸을 맡긴다 몸을 뉘인다

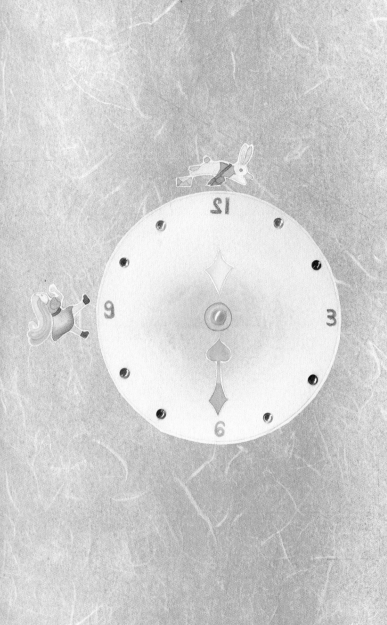

이상한 시간

똬리를 튼다
온전하게
나만의 세상이 열린다
이상한 나라에 도달한다

밤의 거리

열락의 밤
연락의 밤
어디야 하는 소리가 귓가에 울려 퍼져
그래도 사람은 만나봐야지 만나보자
시커먼 놈들끼리 밤을 잔에 담아보자
잔에 담긴 밤을 한껏 적셔보자
적시고 적셔서 한껏 취해보자

쓴소리 고운 소리 한데 어우러져
뒤엉켜 옹기종기 밤을 이룩하네

고단한 삶의 끝이여
내일의 시작이여

단말마의 욕지거리로
순수의 열정은 잠시 접어두자
굽신굽신 굽은 등은 회사에 넣어두자

일어나자 일어나자
내일은 또 하루를 시작해야지
내일은 또 가면을 준비해야지

귀가

귀로(歸路)는 전장
패잔병들과 승리자들의 교집합
고개 숙여 걷는 자와 밝게 웃는 자
줄 지어 선 자동차
끊임없는 치열함

속절없이 밀려가는 사람들
속도 없이 끼어드는 사람들
철마는 달리고 싶은데
철마는 달려야 사는데

귀향하는 병사들은 장관을 이룬다
도로 위에 별들이 쏟아진다

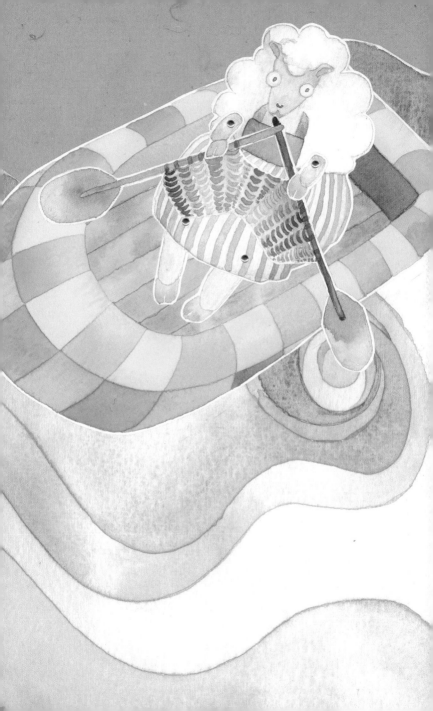

계단

계단 하나에 열정을 내려놓고
계단 하나에 꿈을 내려놓고
계단 하나에 분장을 내려놓고
계단 하나에 고민을 내려놓고
계단 하나에 미련을 내려놓고
계단 하나에 후회를 내려놓고

계단 하나에 네 이름 새겨 두고

반겨 주는 것은 희미한 가로등 하나
반겨 주는 것은 골목길 고양이 하나

어깨 좀 축 쳐지면 어때
그래도 고양이 하나 봤으니
기다리는 이불 하나 있으니

오늘은 운수대통이구나

가만, 고양이가 웃고 있네?

집

누구나 환영받는 공간
환영받아야 하는 공간

누구나 편히 쉬는 공간
편히 쉬어야 하는 공간

따스함만 가득해야 하는데
안락함만 전해져야 하는데

오늘은 오늘은
어떤 그리움으로 차가워지네
어떤 황량함으로 공허 해지네

커피

커피 한 잔을 내려 마신다
뜨끈한 김이 모락 피어나는 커피를 마신다
모락 피어나는 그 김에 이 밤을 맡겨 본다

밤은 고요하게 내 몸을 감싸는데
마음은 한들한들 갈피를 못 잡네

커피는 왜 내려 마신다 하는지
올려 마신다 하면 안 되는 건지
커피는 왜 커피인지
밤은 왜 이리도 깊은지
그대는 왜 그대로인지
그대는 왜 그대인지
그대는 왜

샤워

몸을 녹이는 온도가 적당해
마음을 녹이는 온도가 적당해

물소리에 귀를 기울여봐
찰방찰방 귀를 기울여봐

눈을 감고 있노라면
저 멀리 여행을 간 기분이야
저 멀리 폭포수에 몸을 담근 기분이야

마음 한 점 남지 않을 때에
그때가 멈춰야 할 시간이야
그때가 정리를 할 시간이야

샤워를 해
마음을 녹이는 샤워를 해

그대 기억마저 녹아버리게

침실

침대에 걸터앉아 멍하니 창문을 바라본다
바라보는 것 밖에 하는 수가 없으니
가만히 바라본다

내일은 무슨 일이 있을까
기대 반 걱정 반
오늘과 비슷하겠지
오늘과 다르지 않겠지

그때 너는 무슨 의미였을까
그때 나는 어떤 존재였을까

머릿속을 헤매다 헤매다
조용히 이불을 덮는다
이불속에 들어간다

아, 불 안 끄고 들어왔네

이불

세상을 덮는다
개인의 세상
나의 세상

세상은 하나인데
각자의 세상이 있다
몇 십억 개의 세상이 있다

세상은 하나인데
나만의 세상이 있다
하나의 세상
단 하나의 세상

공통의 세상에서
단 하나의 세상을 덮는다
유일한 세상을 덮는다
머리 끝까지

아침까지
제발 아침까지만 온전히
잠시간 로그아웃

꿈

얕은 잠을 잤구나
꿈을 꾸는 것을 보니

얕은 꿈을 꿨구나
잠을 자는 것을 보니

꿈을 꾸었다
잠들지 못하는 꿈을 꾸었다
새벽이 오고
아침이 가고
밤이 다시 찾아오는

일탈
너와의 일탈을 꾸었다

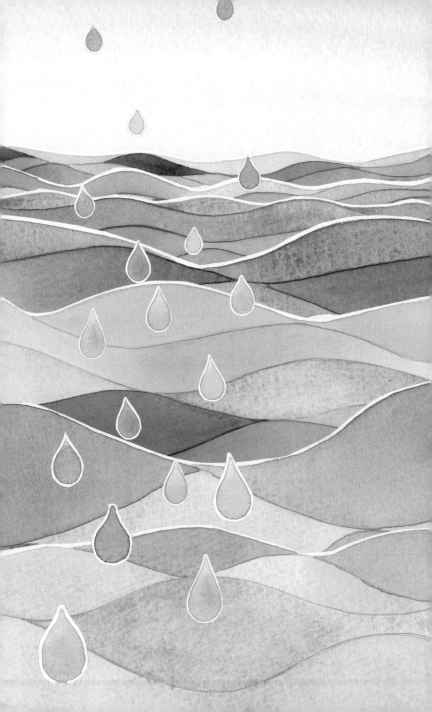

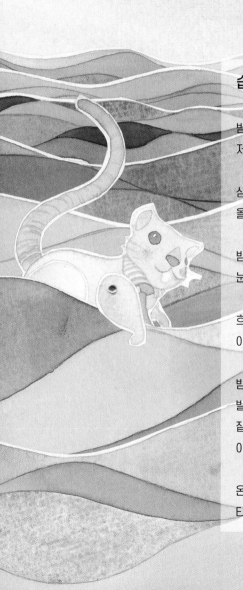

습기

밤 사이 습기가 올라온다
저 깊은 곳에서 습기가 올라온다

심연의 밤 심상의 밤
올라오는 습기를 내버려 둔다

밤 사이 습기가 올라온다
눈 밑까지 습기가 차오른다

흐르게 둔다 흐르게 두어라
아무도 없으니 흐르게 두어라

밤 사이 습기가 내려간다
발 밑까지 습기가 내려간다
짙은 물 내음은
이내 열병을 맞이한다

온전히 담아내어
티타임을 가져보자

향

불면의 밤에 향을 피워봅니다
향이 방 안 가득 연기를 피웁니다
가득해서 안개가 될 때쯤 창을 열어봅니다
다 빠져나가지 못하게 조금만 열어 둡니다

향은 끝에서부터 타오르고
슬며시 시작으로 돌아가는데
배배 꼬인 우리는 끝으로
끝으로 향합니다

연기가 휘몰아쳐 창 틈으로 빠져나갑니다
방 안에는 타다 만 향과 절간 냄새
그리고 내가 있습니다

누군가를 기려야 할까요
타다 만 향을 마저 태우고
그 연기 속으로 들어갑니다

그 연기 속으로
어제를 들여보냅니다
훌훌 날아가라고
다신 오지 말라고
어제를 어제의 나를 들여보냅니다

그리고 네가 있습니다

핸드폰

밤새 뒤척이는 이유
밤새 실눈 뜨는 이유

혹시나 혹시나
역시나 역시나

기다리던 연락은 오지 않고
기다리던 사람은 오지 않고

행여나 취기에 전화가 올까
행여나 취기에 문자가 올까

오 분만 더 십 분만 더
붉은 눈이 되어
붉힌 눈이 되어

휴일의 아침

왠지 기분이 좋은 날이다
왠지 가슴이 설레는 날이다

실컷 늦잠을 자 볼까
실컷 침대서 뒹굴 거려 볼까

얼마 없으니 행복하게 보내야 해
얼마 없으니 알차게 보내야 해

약속은 없지만
온종일 나돌아 다니기로 한다

어째 일 할 때보다 피곤해지는 건
기분 탓이겠지

얼룩

나가려는 찰나에
옷에 얼룩을 발견했다

자세히 봐야 보이니까
잘 안 보이니까
그냥 나가야지

잊으려던 찰나에
마음에 얼룩을 발견했다

돌이켜 봐야 보이니까
가끔 생각나니까
그냥 그대로 두어야지

카페

어색했던 것이 익숙해진다
익숙했던 것이 어색해진다

이제는 요란한 술집보다
조용한 카페가 좋아졌고

취해서 떠드는 것보다
느긋하게 커피 한 잔이 좋아졌다

누군가를 만나지 않으면
누군가와 함께 하지 않으면
시간이 아깝다고 생각했다

이제는 혼자 있는 것이
나와 만나는 것이
가장 소중한 시간이 됐다

뭉게뭉게 피어나는
그녀석들과 나만의 시간

소극장

함께 하는 것 같은 느낌
적절한 현장감
바로 옆에서 느껴지는 관객의 체온
온도
청춘의 온도가
그들의 열기가 맞닿은 곳

관람석의 불이 꺼지면
눈 앞에서 그들의 이야기가 펼쳐진다
가끔 오글거리기도
가끔 어이없기도
가끔 실망스럽기도

그런 불완전이 좋다
실수도 연극의 일부가 되는
관객도 연극의 일부가 되는

작은 극장
나만의 극장

토끼
고양이
모자
시계

배우

세상은 무대
인생은 연극
셰익스피어 셰익스피어

아는 배우가 말했지
연기를 잘하는 방법은
연기하고 있다는 생각을 버리는 거라고

세상이 무대이고
인생이 연극인데
따로 연기를 할 필요가 있느냐고

이미 우리는
이미 오래전부터 연기를 하고 있었다고

무대를 내려오는 순간은
생을 다하는 날이라고
마지막까지 우리는 연극을 하고 있다고

진실이 존재할까
진심이 존재할까
상황에 걸맞은 진실
상황에 걸맞은 진심
우린 모두 배우니까
최대한 멋진 연기를 해야지
최대한 멋진 배우가 돼야지

블랙러시안

달큰한 목 넘김에
적당한 취기에
조용한 마무리

처음 배운 칵테일
처음 맛본 칵테일

독하다 싶으면서도 달고
달다 싶으면서도 독한 술

미안한데 좋아합니다
좋아하는데 미안합니다
이런 말이 생각나게 하는 술

술술 넘어간다
술술

바텐더

길게 늘어진 바에 앉아서 이야기를 시작한다
인생 이야기, 연애 이야기, 사람 이야기
한순간에 친해지고 서로를 나눈다

능숙하게 말을 이어가니
척척박사가 따로 없다
모르는 이야기가 없고 겪지 않은 일이 없다
가끔 치켜세워주고 가끔 달래 준다
대신 화를 내줄 때도 있다

노련한 사람 노력한 사람
그 자리에 있어줘서 고마운 사람

어차피 오늘이 지나면 잊힐 이야기
어차피 다시 가지 않으면 잊힐 인연

인스턴트 만남이지만
그래서 더 좋은 사람
부담이 없는 사람

오늘도 나는 바에 간다
온전한 내 이야기를 하러

바에 간다

택시

늦었으니 타야지
늦으면 타야지

집에는 가야 하니
잠은 자야 하니

기사님이 물어온다
좋은 시간 보냈나 봐요
푹 담긴 술 냄새가 풍기나 보다
그래요 좋은 시간이었죠
하고 싶은 거 다 한 오늘이었죠

이런저런 말이 오가다
정치 얘기가 나온다
역시 그렇군요
저는 잘 모르겠습니다

알고 싶지 않은 이야기들이 나오고
듣기 싫은 소리가 들린다
한숨을 쉬고 하품을 한다
귀를 닫고 음악에 집중한다
이제 집이 보인다
안녕 바른 가르침 아저씨

제가 아는 토끼를 닮으셨군요

가로등

가로등 불빛 아래 서니
밤이 머무는 곳에라는 노래가 떠오른다

가로등 불빛 아래 멀어져 가네
그렇게 떠나네 그대

그렇게 떠났을까 그대
그렇게 떠났다면
그렇게 돌아올 수도 있지 않을까 그대

멀어져 간 그대 모습이
깜빡이는 가로등처럼 반짝인다

밤이 별을 토해내고
별은 빛을 토해내고
가로등은 그대를 토해낸다

알알이 박힌 길가에 별빛들이
그대와 나의 시간을 초대한다

아름다웠던 그대
지금도 별처럼 아름다운 그대

시야 너머

눈을 반쯤 감고
세상을 보면
다른 세상이 보일지도?

새벽 공원

큰 눈망울 줄무늬 고양이가 안내하네
풀빛 달빛 우거진 자기 집으로 오라 하네

달에 한번 취해볼까
풀 냄새에 한번 취해볼까

고양이 고양이님 반갑습니다
그릉그릉 해주어서 고맙습니다

살짝 이슬 머금은 풀밭에 몸을 뉘이네
옷은 젖어 버렸지만 뭐 어떤가
고양이님이 계시는데

새벽에 공원에 동화가 펼쳐진다
익숙한 고양이 동화가 펼쳐진다

달빛을 머금은 풀밭에 누워
풀빛을 머금은 달밭에 누워

세상은 사라지고 고난은 사라지고
동화만 남는다 동화만 남아

"내가 어디로 가야하는 지 알려줘"
"그건 네가 어디로 가고 싶은지에 달렸지"
"어디든 상관없어"
"그럼 어디로 가야 하는지 알 필요가 없네"

고양이님 웃는다

충전기

충전 중입니다
가끔 인생에도 충전이 필요하다
혼자만의 시간이 필요하다

베개

하루의 무게를
삶의 무게를
저 작은놈이 다 견디어 준다
저 작은놈이 다 받아 준다

어서 오니라
어서 오니라

꽉 찬 머리 비워내라고
꽉 찬 가슴 비워내라고

할머니는 베개를 비개라 하셨다
비개
비워내고
개운해지자

오늘은 베개에서 할머니 냄새가 난다

천장

쓰러지듯 바닥에 눕는다
바닥에 누워 방의 하늘을 본다
방의 하늘은 무채색이다
형광등은 태양
커튼은 구름

밖은 온통 검정인데
방은 온통 하얗네

밖은 아직 시끄러운데
방은 계속 조용하네

태양을 가려볼까
구름을 거둬볼까
닿을 수 없는 하늘이
오늘따라 애처롭다

시계

작은 침이 달려가면
큰 침이 뒤쫓는다

앞서가며 길을 만든다
길은 시간의 길
시간은 언제나 길이 된다

길이길이 남길
길이길이 남겨두길

몇 시인지 몇 분인지는 중요치 않다
그 길을 따라 죽 걸어가는 것
그것밖에 할 수 없으니
그것으로 살 수 있으니
숨을 쉴 때마다 과거가 된다
과거를 붙잡으려 숨을 참아보지만
속도 모르고 시계는 계속 길을 걷는다

건전지를 빼볼까
토끼가 재촉을 하네

벽

벽에 몸을 기댄다
차가운 벽
내 온도를 벽에 나눠주니
조금은 따스해졌다
내 몸은 조금 차가워졌다

이런 거겠지
인간이란 벽에도
차가운 벽에도
온기를 나눠주면
찬기가 올라오겠지

고스란히 나눠주리
내 몸이 빙하가 되어도
고스란히 온전히 나눠주리

그러다 결국 내가 벽이 되어도
누군가 기꺼이 온기를 나눠줄 수 있는
그러한 벽이 되리

옷걸이

빼곡히 걸려 있는 옷은
기억을 돌려준다

오래된 옷은
내 속내마저 알고 있다

어떤 기분으로
어떤 선택으로
어떤 날씨에서

어느 누군가와
어느 시간에서
어느 장소에서

이제 오래된 옷을
버릴 때가 되었다

모자는 챙겨둬야지

in this style 10/6

가방

모험이 펼쳐진다
여행을 떠난다

로시난테 돈키호테
그 뒤를 쫓는 산초

산초는 짐이 많지
가방이 필요하지

그래 난 산초
짐 가득 가방 들고
돈키호테 쫓아다니는

기사님 기사님
그건 풍차입니다
거인이 아니에요

상상 속에서도
나는 현실주의자인가

텅 비어 버린 가방
텅 비어 버린 동심

우산

여름이라 비가 많이 오는군요
그대 사는 곳은 어떤가요

우산을 챙기라 말하고 싶습니다
가끔이라도 그리 얘기하고 싶습니다
얘기라도 해서 제가 존재한다는 것을
얘기라도 해서 제가 걱정한다는 것을

우산을 핑계로 말하고 싶었습니다
장마라지요 폭우라지요
아스팔트에 모인 물웅덩이에
그대 모습 그려봅니다

안녕하신가요
우산은 챙기셨나요
오늘은 비가 많이 온답니다

제 걱정은 말아요
전 언제나 우산을 챙긴답니다

그대 없는 나는
매일이 장마니까요

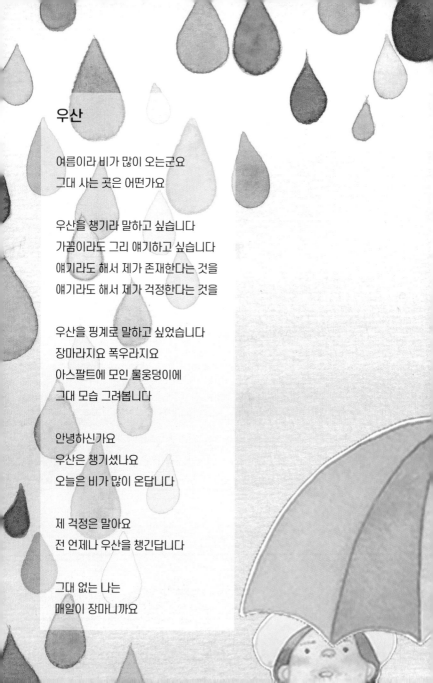

시집

시인이 시집을 읽는 것은
시인이기를 조금이나마 잊기 위함

초야로 돌아가서
아무것도 아닌 사람으로
벌거벗은 인간 하나로

그대들의 이야기를 듣고
그대들이 되고 싶어서

마음 온 마음 가득
언어로 채우고 싶어서

배움도 글도 글씨도
모두 놓은 채
야인의 마음으로 담는다

모자는 푹 눌러 써야지

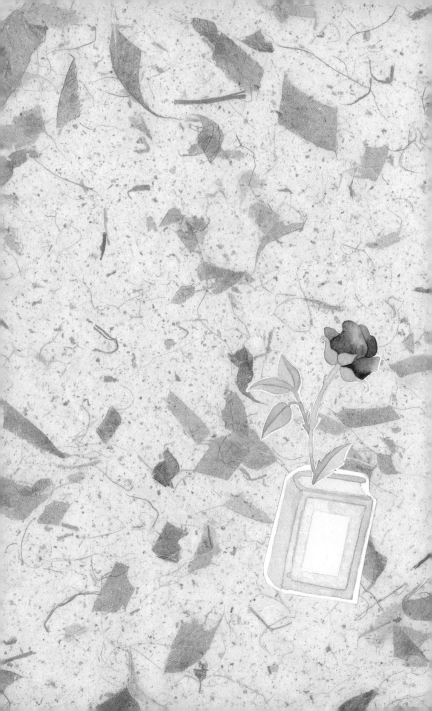

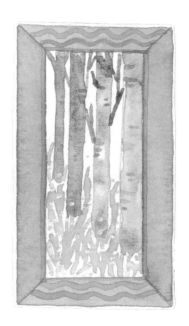

그림

어두운 그림이 좋다
가끔 밝은 그림도 좋다
사실 그림이라면 다 좋다

감정을 드러내는 그림이 좋다
감정이 드러나 이끌리는 그림이 좋다

언어를 담을 수 있는 그림이 좋다
감상을 나눌 수 있는 그림이 좋다

내가 그린 그림은 형편없으니
남이 그린 그림이면 좋겠다

그런 사유로 차마 널 그리지 못한다
내 온전치 못한 실력으로는
너를 다 담을 수 없으니
너의 언어를 다 담을 수 없으니

너는 한 폭의 그림이었다

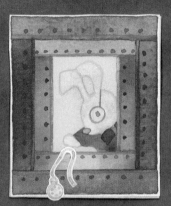

3학, 도기
수란이/사이즈

인엄 메리스
수란이/수채화

미술관

화가도 아닌 것이
퍽이나 그림에 관심이 많다 하였다

어릴 적에 칭찬받았던 기억이 난다
미술 선생님이 감각이 있다고 하였다
감각만 있었던 듯하다

들락날락하는 사람들
감상하는 사람들

누군가를 기다리는 사람들
연인 옆에서 하품을 하는 사람들

모두가 한 폭의 그림이 되는 곳
모두가 뒤섞여 작품이 되는 곳
어떤 날에는 작품보다
사람 구경을 하러 간다

인간이라는 그림을 구경하러 간다

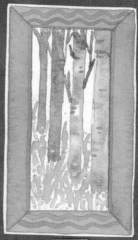

동물원

기린이 좋다고 했지
기린은 꼭 봐야 한다고 했지

그대 퉁퉁 부은 발도 모르고
어서 가자고 어서 가자고 재촉했지

피곤에 절은 얼굴도 못 보고
이거 보자고 이거 보자고 재촉했지

기린을 보며 환하게 웃던 모습을 기억해
그때는 그 순간만은 아이처럼 순수했지

곧바로 떠나야 했지만
다음에는 따뜻한 날 또 오자 했지
난 다만 기린이 뛰노는 모습을
보여주고 싶을 뿐이지
따뜻한 날에 다시
손은 잡지 않아도 되니 다시

컵

컵에 물이 반이나 남았네
컵에 물이 반 밖에 안 남았네

반이나 남았다고 안심하긴
반 밖에 없다고 불안하긴

컵이 있는 것에 감사하지
물이 있는 것에 감사하지

말라 가는 꽃에
물 줄 생각은 못 하고

컵과 물만 바라보네
컵과 물만 생각하네

접시

접시물에 코 박고 죽는다고
한번 해봤더니
코로 물을 마셔버리네

사(死)에 대한 찬미는
생(生)에 대한 영위이니

밝은 날에 밤을 걱정하듯이
맑은 날에 비를 걱정하듯이

코로 마신 접시물은
참으로 맛없더라

끝을 행하는 사람은
끝을 생각하지 않더라

생각 없이 마셔버리자
접시물이든 알코올물이든
다 마셔 없애 버리자

토끼가 나팔을 불기 시작한다

병원

고민을 듣는다
상담을 시작한다

선생님 대단하십니다
작가님 정말 고맙습니다

어찌 그리 잘 아시나요
어찌 그리 이해하시나요

같은 마음이니까요
같은 상처니까요

너도 나도
다 같은
환자니까요

교회

양말 준다고 해서 갔지
옷을 준다고 해서 갔지

뭘 알았겠어 그 나이에
뭘 믿었겠어 그 시절에

의지 할 곳이 많을 때는
그저 재미로 갔지요
달란트 달란트 모으러 갔지요
맛난 밥 먹으러 갔지요

목사님 목소리 좋아서
목소리 들으러 갔지요

이제는 가지 않아요
이제는 갈 수가 없어요

믿음이 있어야 가는 곳에는
이제는 갈 수가 없어요

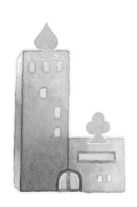

텔레비전

웃음을 주는 상자예요
울음을 주는 상자예요
하루를 보내는 상자예요
가끔 잠이 오게도 하지요

목적 없이 틀어 놓아요
생각 없이 보고 있어요

할 일이 태산 같아도
다 잊게 만드는 상자예요

마음이 무거울 땐
신비한 상자를 봐요
그 속에 웃고 노는 사람들을 봐요
그러다 보면
그러다 보면
어느새 나도 그 사람들이 되어요
웃고 노는 사람들이 되어요

손톱깎이

자른다 다듬는다
정교하게 정밀하게
최대한 바짝 깊숙이

어차피 부러질 손톱
바싹바싹 깎는다

줄이고 줄여
도저히 못 깎을 때에
다듬고 다듬어 둥근 손톱을 만든다
완성된 손톱은 썩 보기 좋다

어차피 사라질 인연
바싹바싹 잘라낸다
줄이고 줄여
도저히 못 자를 때에
다듬고 다듬어 둥근 울타리 만든다
완성된 인연은 썩 안정적이다

그 안에 나 홀로 남으니

피부과

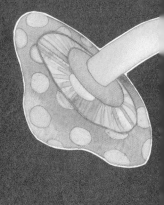

여드름이 나서 피부과를 갑니다
난 지 한참 됐지만 사라지지 않아 갑니다

왜 이제야 왔냐고
왜 건드려서 크게 키웠냐고
혼쭐이 납니다
야단을 맞습니다

다음엔 나자 마자 오라고 다그칩니다
정성스레 치료해 줍니다

그래서 갑니다
그래서 늦게 갑니다

혼내는 것이 참 정겨워서
정겨워서 갑니다

이제는 어른이라서
혼 날 곳이 없어서
혼나러 갑니다

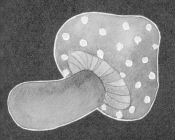

명함

사적인 자리가
공적인 자리가 된다

작가님이시군요
대단하십니다
저는 이런 사람입니다
이런 일을 합니다

작가님은 어떻게 먹고 사시나요

네 저는 숟가락과 젓가락으로
음식이라는 것을 먹고 삽니다

손으로 먹지 않아 다행이군요
흙 파먹지 않아 다행이군요

사적인 자리가
공(空)적인 자리가 된다

벽돌

세탁기가 기울어서
벽돌을 준비했다

기운 쪽에 벽돌을 넣는다
세탁기를 맞춘다
벽돌이 조금 높으니 다른 쪽도 준비한다
판자도 준비한다
기운 것이 정상으로 돌아왔다

세탁기가 잘 돌아간다

아무래도 나를 위한 벽돌도 준비해야겠다
세상에 겉도는 것이
중심을 맞춰야겠다

거울

사람은 자신의 본모습을 평생 보지 못한다고 한다
상이 뒤집힌 거울에서야 뒤틀린 모습을 본다고 한다
자신을 온전히 투영하지 못하는 거울에 의지해서야
본모습을 예측할 수 있다고 한다

거울에 비친 상에 의지해서 머리를 다듬고
옷을 갖춰 입는다
화장을 한다

보일 모습을 상상하며
그저 상상하며

우습고도 슬픈 이야기다
거울에 비친 모습은
남이 보는 모습과도 다르다 하니

그래서 사람들은 사람을 찾나 보다
자신의 본모습을 알아줄 사람을 찾나 보다

거울 나라 거울 나라

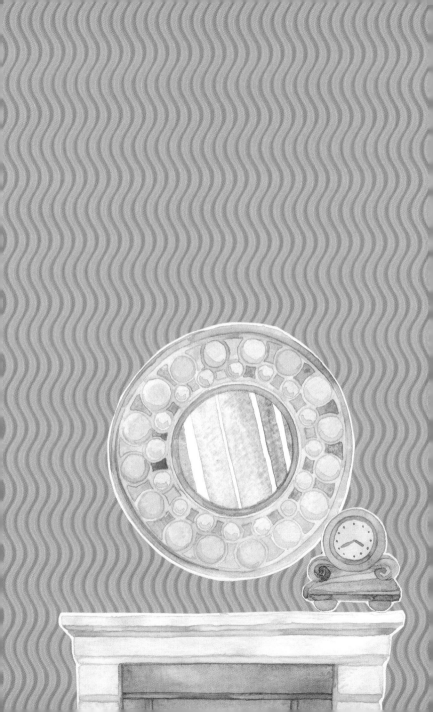

꽃

꽃을 한 송이 샀다
나를 위한
나만을 위한 꽃을 한 송이 샀다

언제나 다른 이를 위해 샀던
언제나 다른 이를 축하하기 위해 샀던
화려한 꽃다발이 아닌
꽃잎이 멍들어 죽어가는 꽃을 샀다

공짜나 다름없이 샀다
뭘 이런 걸 사냐 한다
뭘 이런 걸 산다 했다

시들기도 전에 멍이 들어
숨도 제대로 못 쉬는 꽃 한 송이

꼭 나 같아서 샀다
나를 사랑하는 것처럼 사랑해야지

푸들거리는 꽃 한 송이

그리고 나

지구본

둥글게 생긴 것이
한눈에 들어오는 것이
야무지게도 보인다

한 번씩 돌려보며
이 나라 저 나라 상상했지
오늘은 여기서 자고
내일은 이곳에서 놀고

교실 한편에 놓여
쉬는 시간마다 여행을 떠났지

아이들은 놀려 댔지
지구본과 노는 아이
지구본 아이
지구 본 아이

지구 밖에 있던 아이는
이제 지구 안에
어른이 되었다

편의점

조금 비싸도 자주 가는 곳
필요할 때 근처에 있는 곳

그런 사람이고 싶다

언제나 필요할 때 근처에 있는 사람
근데 조금 비싸

기억

이상한 나라에는
이상하게도 과거와 현재와 미래가
모두 실존한다
기억이라는 노인이
모자장수와 체스를 둔다

조화

그대는 꽃과 같으나
결코 꽃이 될 수 없는 운명

그대는 아름다우나
결코 향기 날 수 없는 운명

그대는 태어났으나
결코 살아있지 않은 운명

그대는 변함없으나
결코 사계를 느낄 수 없는 운명

그대는 사랑받으나
결코 사랑 나눌 수 없는 운명

달빛 물결

달빛이 물결친다
아른아른 물결친다

강물 위에 달빛 하나
달빛 하나 물결친다

달빛은 일렁이고
강물은 출렁이고

강물에 담긴 달빛이
님을 향해 물결친다

흘러서 흘러가서
내 이야기 들려주련
달빛이 물결친다
아른아른 물결친다

거품

손을 씻는다
거품을 낸다
얼굴에 바른다

몽글몽글 했던 거품이
순간 사라져 간다

거품
거품처럼 꺼진다는 것은
거품이란 형상을 만든 주체가
사라진다는 것을 의미하진 않는다
주체는 사라지지 않는다
모습만 바뀔 뿐이다
몽글몽글한 모습이 사라져도
그 향과 잔재는 남아있다
씻어내야만 잔잔하게 향만 남는다
씻어내야만 흘려보내야만
그러지 않으면 여전히 계속 남는다

나에게 네가 그렇다
너에게 나는

구름

구름 구름 흰 구름,
뭉게뭉게 피었네

가다 오다 오다가다
가는 건지 오는 건지

구름 구름 흰 구름
두둥실 떠다니네

하늘 위에 수놓네
추억도 뭉게뭉게

왔다가 가려나
님의 얼굴 그려주네
구름 구름 흰 구름
옅어지네 흩어지네

고장

시계가 고장 나서
계속 같은 시간을 가리켜

네비가 고장 나서
계속 같은 방향을 가리켜

마음이 고장 나서
계속 같은 사람을 가리켜

백지

하얀 백지에 무얼 할까
시를 쓸까 그림을 그릴까

하얗고 하얀 백지에
하나 둘 시가 되고 그림이 되면
색칠은 무얼로 할까

색을 칠하고 칠하다
온통 뒤섞여 버려
하얗던 백지 온통 검정이네

검은 종이에 무얼 할까
시를 쓸까 그림을 그릴까

이제 무엇도 할 수가 없네
이제 무엇도 할 수가 없지

다음 장으로 넘기는 수밖에

버스

버스를 잘못 타서
난데없는 곳으로 가고 있다

인생이 이런 것인가
어디로 향할지 모르는 버스

허겁지겁 내려버릴 수도
그냥 이 상황을 즐길 수도

어디로 향하든 어떤가
이런 해프닝이 흔한 것도 아니고

어디까지 가는지 한번 보자
언제까지 가는지 한번 보자

비탈길

공 굴러간다
경사가 있으리라

리어카를 밀어야지
재촉하는 자동차 소음
아득해지는 정신 부여잡고

굽은 허리는 펴질 생각도
떨리는 손아귀는 멈출 생각도
없다
나도 없다

오늘은 벌어야지
오늘은 버텨야지
고단한 날에 시작도 끝도
없다
라면 한 봉지 숨죽여 끓인다

이것도 사는 거라고
이게 또 살아보려고

자전거

굴리지 않으면 나아가지 못한다
넘어질 것을 각오해야 한다

사랑도 그렇다
표현하지 않으면 시작도 못한다

잠금장치를 풀고
자세를 잡고
페달을 밟는다

마음의 문을 열고
다가가서 고백을 한다

넘어질 것을 각오해야 한다
남겨질 것을 각오해야 한다

이름

누군가가 되려 한다
그 누구의 누군가가

오롯이 무엇도 될 수 없는
야생화의 인생이다

불리지 않아도
그 자체로 의미 있음을

이름 없는 야생화가
향기조차 없진 않은데

우린 무던히도 애를 쓴다
누군가가 되려 한다

녹

비가 내리고 세월이 불면
새하얗던 벽에 무늬가 생긴다

은빛관은 어느새 갈빛으로 변하고
새하얗던 벽에 무늬를 만든다

오랜 세월 인고를 거치며
한 방울 한 방울 줄을 긋는다

직선에 가깝게 직선은 아니게
차분히 자신의 흔적을 남긴다

다시 새로운 관이 설치되어도
그 벽에 흔적일랑 남기려는 듯

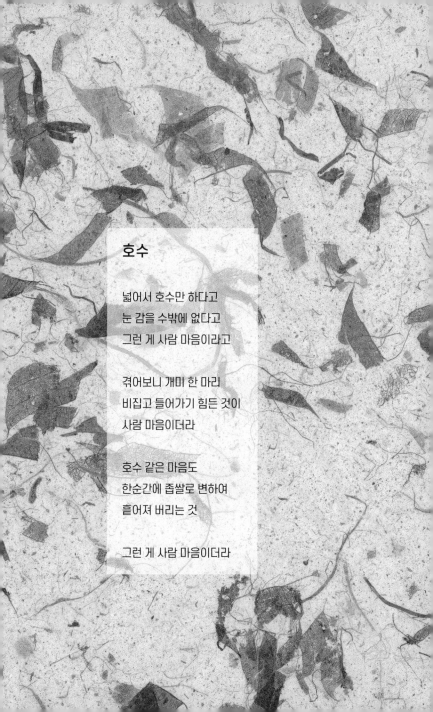

호수

넓어서 호수만 하다고
눈 감을 수밖에 없다고
그런 게 사람 마음이라고

겪어보니 개미 한 마리
비집고 들어가기 힘든 것이
사람 마음이더라

호수 같은 마음도
한순간에 좁쌀로 변하여
흩어져 버리는 것

그런 게 사람 마음이더라

성장

경계선에 한 아이가 서 있다
한 발자국만 옮기면 흔적도 없이 사라진다
그리 어려운 일은 아니지만 망설인다
이곳과 저곳 다를 것이 없지만
저곳에 가면 이곳의 아이는 사라진다
동시에 존재할 수 없기에 한숨을 내쉰다
아이는 처절한 마음까지 든다
멈춘 이 순간이 또 하나의 간극을 만든다
다시 경계선을 바라본다
걸어온 길은 뚜렷하게 보이지만
걸어갈 길은 한 치 앞도 보이지 않는다
믿는 수밖에 없다
낭떠러지일 수도 있다
한 번의 걸음에 모든 것이 끝날 수도 있다
다만 이 경계를 넘어야 한다는 것만 안다
넘지 않고 머무르고 싶지만 어쩔 수 없다
경계는 점차 희미해지고 발걸음은 무거워진다
아이는 더 이상 멈춰있을 수 없다는 것을 깨닫는다
이 경계가 생사의 경계일지라도 넘어야 한다
무언가 대단치 않을 수도 있다
그저 한 걸음일 수도 있다
.

경계선에 한 청년이 서 있다

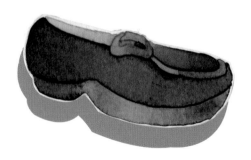

단풍

말하지 않아도
마음을 안다는 것은
새빨간 거짓말이다

듣지 않으면
절대 알 수 없는 것이
사람의 마음이기에

알지 못하면
열 수 없는 것이
사람의 마음이기에

너는 빨간 사람이었다
새빨간 마음이었다
붉은
단풍이었다

청개구리

나의 우울엔 근본이 없다
근본이 없으니 찬미한다

죽음을 찬미한다
미리 죽은 낙엽처럼

이리저리 흩날린다
번져오는 불안감에 맡긴다
생의 흙무더기에 맡긴다

거름이나 주려무나
거름이나 되려무나

비상은 날개 잃은 새에게
그런 새에게 더욱 잘 어울린다

언제나 추락함이 더 아름답다

향수

하늘도 이쁘고
너도 이쁘고

너의 마음도 이쁜데
그 속에 내가 없더라

향기 같은 그대
날아가 버렸네

새벽 기상

새벽에 깨어있는 것은
일찍 일어난 것인가
늦게 잠들지 못함인가

하루를 아쉬워하는 것은
미련이 남아서인가
만족이 차올라서인가

가을이 온다는 것은
더위가 가시는 것인가
추위가 온다는 것인가

기억을 되새기는 것은
그대가 그리워서인가
그때가 아쉬워서인가

실낱

한순간에 믿고
한순간에 잃고

사람의 마음
사랑의 마음

욕심

같은 하늘을 봐도
다르게 얘기하는데

어찌 다른 마음을
같게 할 수 있을까

안식

어디로 가는 걸까
어디로 가야 할까

갈림길에서 우린
각자의 길을 가네

그 끝은 무얼까
그 시작은 무얼까

달아나는 것인가
붙잡히는 것인가

달 밤은 차고
달 밤은 차오르네

구두

스러지게 빛나는 물빛이
노곤하게 떨어지는 비가

물결은 요동쳐 날 부르는데
요동치는 내 마음은 바람이어라

열두 시를 알리는 종이 치면
구두를 한편에 벗어두리라

그대 가는 그 길가에
주인 잃은 구두를 벗어두리라

아 밤은 나를 부르는데
짝 잃은 구두만 덩그러니 놓였네

물기

차가운 커피를 마시다가
테이블에 물기가 남았어

물기를 닦아보니
흐릿한 잔상이 남았어

어느 날 떠난 너처럼
흐리게 잔상만 남았어

이내 기화되어
사라지겠지

너의 기억도
그렇게 사라지겠지

차이

그는 먼저 사랑했고
그녀는 먼저 이별했다

그는 이별에 슬퍼했고
그녀는 사랑에 슬퍼했다

그는 애써 외면했고
그녀는 애써 받아들였다

그는 잊었다 생각했고
그녀는 생각을 잊었다

그는 어제를 살게 됐고
그녀는 오늘을 살게 됐다

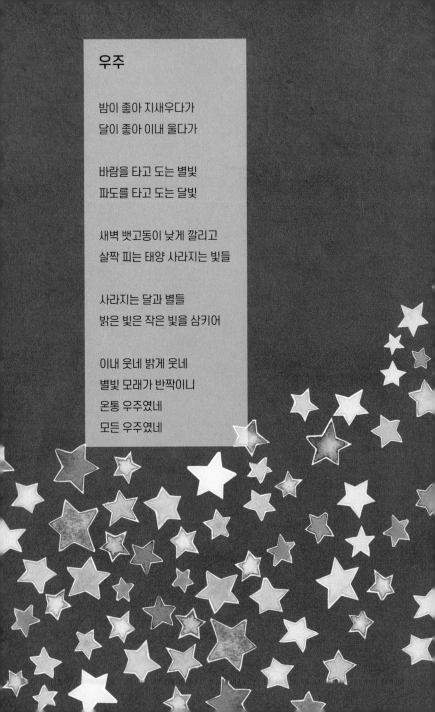

우주

밤이 좋아 지새우다가
달이 좋아 이내 울다가

바람을 타고 도는 별빛
파도를 타고 도는 달빛

새벽 뱃고동이 낮게 깔리고
살짝 피는 태양 사라지는 빛들

사라지는 달과 별들
밝은 빛은 작은 빛을 삼키어

이내 웃네 밝게 웃네
별빛 모래가 반짝이니
온통 우주였네
모든 우주였네

시선

절벽에 서서
누군가는 풍경을 보고
누군가는 발밑을 본다

밧줄 앞에 서서
누군가는 희망을 보고
누군가는 절망을 본다

평행선

같은 대화
다른 해석

같은 세상
다른 시선

같은 표정
다른 마음

작은 서점

작은 책방을 기억한다
숨결이 들릴 거리의 그대

책 속의 글들이 온통
온통 그대로 물들었다

그대의 손길을 기억한다
책장을 넘기던 그 손길

찾고 있던 책이냐 물어온다
찾고 있던 사람이라 대답한다

그대가 온통 분홍빛으로 물든다
나는 온통 그대에게 물든다
작은 책방을 기억한다
그대의 숨결이 내 숨결이 되었던

취무

시간이 가나
시간이 오니

밤의 시간은 넋을 잃고
남의 시간에 잠을 잃고

겨울이 오려나
바람이 시리나 쉬려나

닫히지 않는 창틈 붙잡고
닫히지 않는 마음 붙들고

부디 제발 가지 마오
부디 제발 같이 가오
찬바람 사이로 술 한잔 걸쳐
차디찬 술병에 내 목을 걸쳐

뒤뚱뒤뚱 걸어 가오
뒤틀뒤틀 기어 가오

내 오직 친군 밤 뿐이니
밤의 시간에 작두를 타네
둥둥 떠서 하늘로 가네

시간이 없다고 재촉하는 저 토끼는

어디로 날 이끄는가

애매한 계절

우리가 봄에 만났다면 좋았겠습니다
벌써 흩날려 가는 벚꽃을 보며 떠올립니다

봄의 향기를 함께 맞이했으면 좋았겠지요
애매한 날에 애매한 계절에 만났네요

그대가 좋아하는 꽃들이 만연한
우리가 봄에 만났다면 좋았을 텐데요

따뜻한 봄날에 따뜻했던 그대를 떠올립니다
겨울의 끝도 봄의 시작도 함께 하지 못했군요

봄이 오니 왠지 그대가 곁에 있는 듯합니다
금방이라도 어서 나가자고 할 듯합니다
그대와 나의 애매했던 계절을
그 시작을
저는 그냥 봄이었다 기억하겠습니다

마음대로

마음은 마음대로 되지 않는다
마음은 먹을 수 없어서
마음먹은 대로 되지 않는다

불편한 옷

약간 불편한 옷이 좋다
신경 쓰여 몸가짐을 바르게 할 수 있으니

인간관계도 그렇다
너무 편해지면 예의를 잃을 수 있으니

바다

해변의 모래가 아름다워
양손 가득 쥐니 새어 나가네

양손 가득 새어 나가는 모래를 보자니
꼭 그 모습이 세월 같아 울었다네

세월 그리운 과거 한 줌 쥐고
나가지 마라 잊히지 마라 하여도
어느 순간 새어 나가는 그 세월

모래는 어느새 잔재만 남고
발등까지 바닷물이 차올랐네

차오르는 바닷물 속에 손 담그고
남은 모래 잔재마저 보내주었네

아아 그리워할 기억일랑
저 바다가 기억해 주겠지
저 바다를 볼 때엔 기억이 되새김되겠지

아아 추억은 썰물처럼 갔다가
어느 날엔 밀물처럼 밀려오겠지

청소

오래 묵은 다락방의 먼지는
마치 누군가 정성 들여 올려놓은 듯하다
그 먼지를 쓸어 담을 때면
가만히 조용히 조심스럽게 담아야 한다
자칫 동작이 커지거나 요란하게 쓸면
층층이 쌓였던 먼지는 날아오른다
방 가득 떠올라 온몸에 묻어버린다
묻어버린 먼지는 쉬이 지워지지 않아
털어도 털어도 어느샌가 다시 묻는다
깨끗해지려면 목욕이라도 해야지
다만 욕실로 가는 중에 흩어지며
집안 곳곳에 묻어나는 것은 피할 길이 없다
또다시 조심스럽게 닦아내야지
겹겹이 쌓인 먼지를 청소하기란
그렇게 조심스러운 것이다
쌓인 채 그대로 두는 것도 방법이지만
그럼 새롭게 무언가 들일 자리를 잃게 된다
사람의 마음이 딱 그런 이치다
어떨 땐 쌓인 먼지가 아름답게 보여
포근한 이불인 양 누워 잠들 수도 있다
그래
치우거나 말거나 자기가 만족하면 된다

먼지로 나만의 지도를 만들면 된다

이승주●177

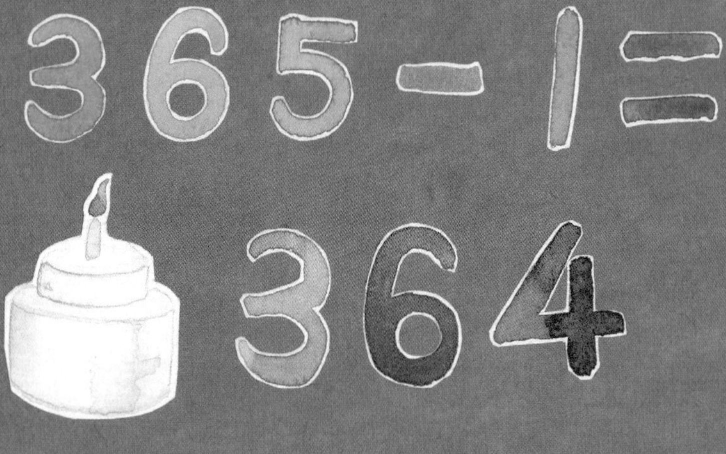
365-1=
364

생일

별을 세는 아이에서
밤을 새우는 어른으로

개미 키우던 아이에서
근심 키우는 어른으로

물장구치던 아이에서
우산 챙기는 어른으로

사랑받던 아이에서
사랑 잃은 어른으로

꿈을 먹던 아이에서
꿈을 뱉는 어른으로
변한 건 나이뿐이라며
변명하는 어른으로

자연스럽게

해가 지고 해가 뜬다
자연스럽게
달이 뜨고 달이 진다
자연스럽게

사랑을 하고 이별을 한다
자연스럽게

흐른다 흘려낸다
자연스럽게

망가짐

스스로 벗어날 수 없음을 알게 될 때에
우린 망가짐을 겪게 된다
망가지고 헤지고 주저앉는다
주저 없이 살아가던 어제는 과거가 된다
과거는 허상이 되어 현재를 맴돌고
미래의 유령이 되어 두려움을 떨게 만든다
두려움은 구속이 되어 우리를 얽매이고
과거에 빠져 살게 만든다
허우적대다 허우적대다
끝에는 낡은 사람이 되어 버린다

낡아서 더 이상 쓰임새도 잃는다
되돌릴 수는 없다
인생은 일직선이기에
삶은 계속 나아가야 하기에
망가지고도 계속 계속 기어서라도

오래 걷다 보면
언젠가 도착하게 되어 있으니

눈

담벼락에 쌓인 눈 위에
너의 이름을
나의 이름을

온기 가득 담긴 손가락으로
너의 이름을
나의 이름을

한 순간이었는데
모든 순간이 되었다

눈 내리는 날에는
그대 이름도 내린다

달 지도

실눈을 뜨고 달을 바라본다
달에 거뭇거뭇 지도가 떠오른다

어디로 가는 지도일까
보물 지도일까

금은보화가 가득할까
토끼가 한가득일까

달로 가버린 그대는
그대는 이제 어디일까

토끼랑 놀고 있을까
술래잡기를 하고 있을까

줄 타고 내려 오련?

오늘은 달빛이 따스하다

파랑새

아름다운 파랑새야
너는 왜 새장 속에 가만히 있니
이렇게 빗장도 열려 있는데

나는 이곳이 좋아
여기 있으면 안전해
여기 있으면 굶을 일도 없어
여기 있으면 사람들이 날 사랑해줘

파랑새야
가끔 창공을 훨훨
자유롭게 날고 싶지 않니

괜찮아 괜찮아
날다가 날개가 부러지면 어떡해
그럼 아름답지 않아 지는걸
난 여기서 가만히 이쁨 받고 싶어

파랑새는 빗장을 슬쩍 닫았고
노래로 사람들을 불러 모았다
사람들은 파랑새를 칭송했지만
그 노래가 어쩐지 구슬피 느껴졌다

줄무늬 고양이가 입맛을 다신다

안녕

안녕
안녕히

반갑다고 안녕
잘 가라고 안녕히

또 보자고 안녕
잘 살라고 안녕히

안녕
안녕히

한 음절 차이로 그렇게

그 이후

그녀가 떠나갔지만
모자 장수는 슬퍼하지 않았답니다

그녀는 원래 있던 세계로 갔기 때문이에요
문을 열고 그녀가 있어야 할 자리로 갔기 때문이에요

모자 장수에게는 줄무늬고양이도 있고
시계를 든 토끼도 있고 주전자도 있답니다
아, 파랑새도 있군요 거대한 벌레 신사도 있고요
계란 아저씨도 잊으면 안 되죠?

물론 서운했지만
서운한 감정은 오래가지 않았습니다

다시 문을 찾아 돌아오게 되면
슬픈 얼굴을 보이면 안 되거든요

여기는 이상한 나라
언제나 재밌는 일로 가득한 곳이거든요

여기는 이상한 나라
가면이 필요 없는 나라
어른스러움이 필요 없는 나라

언젠가 그 문이 살짝 열린다면
들여다봐도 좋아요
가끔 들려도 좋아요

모자장수에게

청춘은 별, 별이다

시안

까마득한 날,
희미한 밤하늘 끝자락에 홀로 매달린 별, 별이다
세상을 외면하고 스스로 타버린 별, 별이다

폭풍우가 내리던 날,
감췄던 설움이 창백한 하늘에 끝없이 떨어지더니

언제였던가
무엇이었던가

그토록 갈구해왔던 것이

하늘은 망각의 존재
모든 걸 게워내고 잔잔해진다

허나

잔잔한 하늘에는 보이지 않는,
자기만의 창 속에서 태워야만

기어이

밝게 빛나는,

청춘은 별, 별이다

유나영(시인)

지금 당장 죽는다면 어떤 순간을 가장 그리워할 것인가?

열심히 준비한 시험에 합격하던 순간?

꿈에 그리던 이상형과 결혼하던 순간?

아니, 가장 그리워할 순간은 바로 오늘 일 것이다. 아무 날도 아닌 평범한 오늘.

사소하지만 돌이켜보면 행복했던 작은 하루들이 모여 우리의 인생이 따뜻해지듯,

이 책 또한 한 장 한 장 넘길 때 마다 온정으로 가득 채워지는 느낌이다.

누군가 나의 하루를, 마음을 들여다보고 있는 듯이 우리의 인생이 녹아 들어있다.

누군가 그랬다. 최고의 위로는 공감이라고.

나는 이 세상 모든 앨리스들이 이 책의 문을 열고 들어와 마음껏 공감하며 위로 받길 바란다.

한봄일춘(시인, 에세이작가)

하루 평균 몇 번이나 선택의 기로에 설까? 의식적으로 인식하는 선택의 횟수는 하루 평균 15회. 이 말은 의식하지 않고 선택하는 것들이 이 보다 더 많다는 얘기일 터. 결국 아침에 일어나서 잠자리에 들기까지 무수히 많은 선택을 어찌어찌하고 살아가고 있는 셈이다.

이 새벽, 이상한 나라로 통하는 시간. "가면이 필요 없는 나라, 어른스러움이 필요 없는 나라"의 문이 열렸으니 살짝 들여다봐도, 들려도 괜찮지 않을까? 한 번도 경험해 보지 못한 일들이 아무렇지 않게 일어나는 시간으로 시인 이승주가 우리를 초대한다.

선택의 시간, 나를 오롯이 마주하는 시간에 나를 초대하는 이상한 나라

류명(시인)

모자 장수의 하루는 시간과 사물이 의미 부여되는 순간, 우리를 이상한 나라로 안내한다. 그 속에서 우리는 영원과 이상. 그리고 그대들만에 앨리스를 마주하게 된다. 그는 알고 있다. 지랄도 자꾸 해야 발광을 한다는 사실을. 그는 아주 잘 알고 있다.

사소한 일상을 덤덤하게 살아내다 발견하게 된 작게 벌어진 틈 사이가 그토록 찾아헤매던 그 세계라는 것을.

모자 장수 그는 끝내 어른이 되지 않을 것이다.

김병언(시인)

이승주 작가의 두 번째 개인시집[새벽: 이상한 나라로 통하는 시간]은 심플하면서도 명료한 작품들로 구성되어 있다. 일상에서 만나볼 수 있는 공감되는 시들, 이상한 나라로 인도하는 동화풍 일러스트를 감상하다 보면 나도 모르게 빠져드는 매력이 있다.

도입부에 맞게 첫 시는 가벼웠다. 하지만 후반부로 흘러갈수록 무게감 있는 이야기들이 점차 등장한다. 이는 독자들에게 깊이 다가갈 수 있는 요소로 작용한다. 얼핏 보기엔 다소 가벼울 수 있지만, 독특한 색채와 캐릭터들이 시와 적절하게 어우러지는 것 또한 책의 매력이다.

일상에 지친 이들이라면 때론 훌쩍 떠나고 싶을 때가 있을 것이다. 그럴 땐 모자장수 이승주 작가와 함께 새벽시집으로 떠나보는 것은 어떨까?

강석현(시인, 수필작가)

시란 쓰지 않고는 못 배길 때 쓰는 것*이었다. 새벽부터 밤 그리고, 다시 새벽을 지새우는 동안 시인은 새벽과 함께 울고 눈에 보이는 모든 사물과 대화 하고 있었다. 그의 마음속에는 남이 알지 못하는 고뇌와 혼자만 간직한 연인이 있다. 속절없이 주저앉으면서도 마음 한 점 남지 않을 때까지 몸을 씻으며 마음마저도 녹이는 그의 사랑은 오히려 뜨겁다. 쓰지 않고는 못 배길 수밖에.

시는 경험의 산물이며 시인의 모든 감각을 동원해 그리는 노래가 아니던가. 그의 눈에 비친 사물들은 시로 환생하여 시인을 위로하며 읽는 이를 다른 차원의 세상으로 데려가기도 한다. 어쩌면 그곳은 깊은 고독일 수도 그림 속일 수도 있다. 이처럼 감각적인 영상은 오랫동안 습작하고 토론하며 치열하게 고뇌하지 않고서는 그릴 수 없는 언어일 것이다 이것만으로도 그는 시인의 역할을 다 했다 하겠다.

그는 이상한 나라, 가면이 필요 없는 나라, 어른스러움이 필요 없는 나라에 살고 있다. 그리고 무표정하면서도 애정 어린 시선으로 나를, 당신을 바라보고 있을 것이다.

"그 속에 한 조각의 애처로움도 가지고 있지 않은 책이나 시는 쓰지 않는 쪽이 훨씬 낫다." 시인의 시선을 존경하며 마지막으로 오스카 와일드의 말을 전한다. 이 시집은 애처로움을 가진 책이다.

* 청마 유치환(시인, 1908~1967)의 말

전경섭(시인)

개인적으로 시인은 살아가는 모든 순간 함께 하는 풍경 그리고
사물을 글의 소재로 적극 활용해야 한다고 생각한다.

바로 이승주 시인의 시집이 그러하다.

눈 떠서 출근하는 평범한 직장인의 일상을 하나하나 놓치지 않
고 저마다 배여 있는 사물의 느낌을 자신만의 감성을 담아 옮겨
놓았다.

또한, 쉽게 놓치고 지나갈 수 있는 작은 사물에서조차 그의 온전
한 마음을 담아 동화풍의 그림과 함께 시적으로 아름답게 표현
하여 읽는 이를 감탄하게 한다.

무심코 스쳐갈 수 있는 일상의 감성을 느껴보고 싶다면
이승주 시인의 시집을 적극 추천한다.

염광옥(전북무용협회 회장, 전북예총 부회장)

저자는 앨리스를 찾고 있다.
여기서 앨리스는 여성, 사랑으로서 대상이 아니다.
이 책 「새벽」에서의 앨리스는 저자가 추구하는 갈망하는 대상이다.
'현관문'을 나서며 자기만의 세상이 다른 세상과 뒤섞이며 이상한 나라가
되고 상황과 상징, 일상적 물건들을 마주하며 사유가 점차 깊어진다.
그 사유의 끝은 앨리스, 사유 자체의 해방으로 해석된다.
즉, 앨리스는 사람을 지칭하는 것이 아니라 해방된 정신을 말한다.
남녀노소 누구나 앨리스가 될 수 있고 앨리스를 지니고 있다.
자유로의 갈망, 어쩌면 그것은 인간의 태생적인 욕망이다.
인간은 자유롭지 못하다. 자유로울 수가 없다.
사회를 살아가는 한, 인간관계를 지속하는 한 굴레에서 벗어날 수 없다.
무언가에 계속 속박되어 간다.
물질적인 것은 말할 것도 없거니와 정신적인 것도 사회에 종속되어 간다.
모자 장수(저자)는 그런 속박과 종속을 벗어나고자 무던히 애를 쓴다.
그러나 일상을 살아가고 있으니 제대로 될 리 만무하다.
어떤 상황에서 자유를 얻어도 또다시 기억과 그리움에 종속된다.
환상의 친구들을 만들다가도 세상에 찌든 자신을 발견한다.
모자 장수는 파랑새를 만나 자유를 억압한 상태에서도 자신만의 자유를
찾는 법을 깨닫고 앨리스를 놓아줌으로써 자신만의 앨리스를 찾는 법을
깨닫는다.
결국에 물질적인 앨리스를 찾지 못했지만 갈증을 애써 놓아버려 해방감
을 얻는다.

버리니 비로소 얻어진 것이다.

시집은 서사적으로 흘러가며 잊고 있던 무언가를 찾아가는 여정을 그린다.

작가가 목표로 한 한편의 동화 같은 시집이 완성되는 것이다.

가면으로 표상되는 일상과 앨리스로 내재된 환상이 결합된다.

모자 장수는 가면을 비판적으로 바라보는 듯하지만 가면도 우리 모습의 일부라는 것을 말하고 있다.

출근을 하며 쓰는 가면은 당연히 가식적이다. 가식이라는 말은 거짓으로 꾸민다는 말이다. 상황에 맞게 그럴 듯하게 표정을 바꾸고 생김새를 정돈한다. 다시 말하면 기분대로 살지 않는 것을 말한다. 최소한의 사회적 관계를 유지하기 위해 애쓰는 것. 그것이 표출된 바가 가면이다.

저자는 그런 모습들에 자책하지 말고 받아들이고 앨리스가 곁에 있다는 것을 알아차림으로 스스로를 위로할 수 있는 사람이 되라고 말한다.

그는 "진정으로 위로할 수 있는 사람은 남이 아니라 자신이다."라고 말한 적이 있다.

글과 예술은 그 위로의 과정을 도와주는 것일 뿐 위로 그 자체가 될 수 없다는 뜻으로 느껴졌다.

그 말이 맞는 것인지는 모르겠지만 이 시집을 다 읽는 순간 어느 정도 이해가 됐다.

그저 살아간다고 무던히 애쓰던 사람들의 휴식 같은 책이 될 것이다.

시집을 접한 많은 사람들이 그들만의 앨리스를 찾길 바란다.

새벽

지 은 이 글 이승주, 그림 수달이(안희정)
펴 낸 이 김성태
디 자 인 김나윤
펴 낸 곳 이상공작소

초판 1쇄 2021년 4월 1일
출판등록 2019년 7월 12일 제375-2019-000058호
주　　소 경기 수원시 장안구 수성로303번길 32-13(정자동)
전자메일 idealforge@naver.com
홈페이지 blog.naver.com/idealforge
전화번호 050-6886-0906
팩스번호 050-4404-0906
페이스북 facebook.com/idealforge
인스타그램 @ideal_forge

ISBN 979-11-970938-2-1 03810
ⓒ 이승주, 2021, Printed in Korea
값 15,000원